HÉSIODE ÉDITIONS

THÉOPHILE GAUTIER

Le Chevalier double

Hésiode éditions

© Hésiode éditions.

22 rue Gabrielle Josserand - 93500 Pantin.
ISBN 978-2-38512-242-3
Dépôt légal : Mars 2024

Impression Books on Demand GmbH

In de Tarpen 42
22848 Norderstedt, Allemagne

Le Chevalier double

Qui rend donc la blonde Edwige si triste ? que fait-elle assise à l'écart, le menton dans sa main et le coude au genou, plus morne que le désespoir, plus pâle que la statue d'albâtre qui pleure sur un tombeau ?

Du coin de sa paupière une grosse larme roule sur le duvet de sa joue, une seule, mais qui ne tarit jamais ; comme cette goutte d'eau qui suinte des voûtes du rocher et qui à la longue use le granit, cette seule larme, en tombant sans relâche de ses yeux sur son cœur, l'a percé et traversé à jour.

Edwige, blonde Edwige, ne croyez-vous plus à Jésus-Christ le doux Sauveur ? doutez-vous de l'indulgence de la très sainte Vierge Marie ? Pourquoi portez-vous sans cesse à votre flanc vos petites mains diaphanes, amaigries et fluettes comme celles des Elfes et des Willis ? Vous allez être mère : c'était votre plus cher vœu ; votre noble époux, le comte Lodbrog, a promis un autel d'argent massif, un ciboire d'or fin à l'église de Saint-Euthbert si vous lui donniez un fils.

Hélas ! hélas ! la pauvre Edwige a le cœur percé des sept glaives de la douleur ; un terrible secret pèse sur son âme. Il y a quelques mois, un étranger est venu au château ; il faisait un terrible temps cette nuit-là : les tours tremblaient dans leur charpente, les girouettes piaulaient, le feu rampait dans la cheminée, et le vent frappait à la vitre comme un importun qui veut entrer.

L'étranger était beau comme un ange, mais comme un

ange tombé ; il souriait doucement et regardait doucement, et pourtant ce regard et ce sourire vous glaçaient de terreur et vous inspiraient l'effroi qu'on éprouve en se penchant sur un abîme. Une grâce scélérate, une langueur perfide comme celle du tigre qui guette sa proie, accompagnaient tous ses mouvements ; il charmait à la façon du serpent qui fascine l'oiseau.

Cet étranger était un maître chanteur ; son teint bruni montrait qu'il avait vu d'autres cieux ; il disait venir du fond de la Bohême, et demandait l'hospitalité pour cette nuit-là seulement.

Il resta cette nuit, et encore d'autres jours et encore d'autres nuits, car la tempête ne pouvait s'apaiser, et le vieux château s'agitait sur ses fondements comme si la rafale eût voulu le déraciner et faire tomber sa couronne de créneaux dans les eaux écumeuses du torrent.

Pour charmer le temps, il chantait d'étranges poésies qui troublaient le cœur et donnaient des idées furieuses ; tout le temps qu'il chantait, un corbeau noir vernissé, luisant comme le jais, se tenait sur son épaule ; il battait la mesure avec son bec d'ébène, et semblait applaudir en secouant ses ailes. — Edwige pâlissait, pâlissait comme les lis du clair de lune ; Edwige rougissait, rougissait comme les roses de l'aurore, et se laissait aller en arrière dans son grand fauteuil, languissante, à demi morte, enivrée comme si elle avait respiré le parfum fatal de ces fleurs qui font mourir.

Enfin le maître chanteur put partir ; un petit sourire bleu venait de dérider la face du ciel. Depuis ce jour, Edwige, la blonde Edwige ne fait que pleurer dans l'angle de la fenêtre.

Edwige est mère ; elle a un bel enfant tout blanc et tout vermeil. — Le vieux comte Lodbrog a commandé au fondeur l'autel d'argent massif, et il a donné mille pièces d'or à l'orfèvre dans une bourse de peau de renne pour fabriquer le ciboire ; il sera large et lourd, et tiendra une grande mesure de vin. Le prêtre qui le videra pourra dire qu'il est un bon buveur.

L'enfant est tout blanc et tout vermeil, mais il a le regard noir de l'étranger : sa mère l'a bien vu. Ah ! pauvre Edwige ! pourquoi avez-vous tant regardé l'étranger avec sa harpe et son corbeau ?…

Le chapelain ondoie l'enfant ; — on lui donne le nom d'Oluf, un bien beau nom ! — Le mire monte sur la plus haute tour pour lui tirer l'horoscope.

Le temps était clair et froid : comme une mâchoire de loup cervier aux dents aiguës et blanches, une découpure de montagnes couvertes de neiges mordait le bord de la robe du ciel ; les étoiles larges et pâles brillaient dans la crudité bleue de la nuit comme des soleils d'argent.

Le mire prend la hauteur, remarque l'année, le jour et la minute ; il fait de longs calculs en encre rouge sur un long parchemin tout constellé de signes cabbalistiques ; il rentre dans son cabinet, et remonte sur la plate-forme, il ne s'est pourtant pas trompé dans ses supputations, son thème de nativité est juste comme un trébuchet à peser les pierres fines ; cependant il recommence : il n'a pas fait d'erreur.

Le petit comte Oluf a une étoile double, une verte et une rouge, verte comme l'espérance, rouge comme l'enfer ; l'une favorable, l'autre désastreuse. Cela s'est-il jamais vu qu'un enfant ait une étoile double ?

Avec un air grave et compassé le mire rentre dans la chambre de l'accouchée et dit, en passant sa main osseuse dans les flots de sa grande barbe de mage :

« Comtesse Edwige, et vous, comte Lodbrog, deux influences ont présidé à la naissance d'Oluf, votre précieux fils : l'une bonne, l'autre mauvaise ; c'est pourquoi il a une étoile verte et une étoile rouge. Il est soumis à un double ascendant. Il sera très heureux ou très malheureux, je ne sais lequel ; peut-être tous les deux à la fois. »

Le comte Lodbrog répondit au mire : « L'étoile verte l'emportera. » Mais Edwige craignait dans son cœur de mère que ce ne fût la rouge. Elle remit son menton dans sa main, son coude sur son genou, et recommença à pleurer dans le coin de la fenêtre. Après avoir allaité son enfant, son unique occupation était de regarder à travers la vitre la neige descendre en flocons drus et pressés, comme si l'on eût plumé là-haut les ailes blanches de tous les anges et de tous les chérubins.

De temps en temps un corbeau passait devant la vitre, croassant et secouant cette poussière argentée. Cela faisait penser Edwige au corbeau singulier qui se tenait toujours sur l'épaule de l'étranger au doux regard de tigre, au charmant sourire de vipère.

Et ses larmes tombaient plus vite de ses yeux sur son cœur, sur son cœur percé à jour.

Le jeune Oluf est un enfant bien étrange : on dirait qu'il y a dans sa petite peau blanche et vermeille deux enfants d'un caractère différent ; un jour il est bon comme un ange, un autre jour il est méchant comme un diable, il mord le sein de sa mère et déchire à coup d'ongles le visage de sa gouvernante.

Le vieux comte Lodbrog, souriant dans sa moustache grise, dit qu'Oluf fera un bon soldat et qu'il a l'humeur belliqueuse. Le fait est qu'Oluf est un petit drôle insupportable : tantôt il pleure, tantôt il rit ; il est capricieux comme la lune, fantasque comme une femme ; il va, vient, s'arrête tout à coup sans motif apparent, abandonne ce qu'il avait entrepris et fait succéder à la turbulence la plus inquiète l'immobilité la plus absolue ; quoiqu'il soit seul, il paraît converser avec un interlocuteur invisible ! Quand on lui demande la cause de toutes ces agitations, il dit que l'étoile rouge le tourmente.

Oluf a bientôt quinze ans. Son caractère devient de plus en plus inexplicable ; sa physionomie, quoique parfaitement belle, est d'une expression embarrassante ; il est blond comme sa mère, avec tous les traits de la race du Nord ; mais sous son front blanc comme la neige que n'a rayée encore ni le patin du chasseur ni maculée le pied de l'ours, et qui est bien le front de la race antique des Lodbrog, scintille entre deux paupières orangées un œil aux longs cils noirs, un œil de jais illuminé des fauves ardeurs de la passion italienne, un regard velouté, cruel et doucereux comme celui du maître chanteur de Bohême.

Comme les mois s'envolent, et plus vite encore les années ! Edwige repose maintenant sous les arches ténébreuses du caveau des Lodbrog, à côté du vieux comte, souriant dans son cercueil de ne pas voir son nom périr. Elle était déjà si pâle que la mort ne l'a pas beaucoup changée. Sur son tombeau il y a une belle statue couchée, les mains jointes, et les pieds sur une levrette de marbre, fidèle compagnie des trépassés. Ce qu'a dit Edwige à sa dernière heure, nul ne le sait, mais le prêtre qui la confessait est devenu plus pâle encore que la mourante.

Oluf, le fils brun et blond d'Edwige la désolée, a vingt ans aujourd'hui. Il est très adroit à tous les exercices, nul ne tire mieux l'arc que lui ; il refend la flèche qui vient de se planter en tremblant dans le cœur du but ; sans mors ni éperon il dompte les chevaux les plus sauvages.

Il n'a jamais impunément regardé une femme ou une jeune fille ; mais aucune de celles qui l'ont aimé n'a été heureuse. L'inégalité fatale de son caractère s'oppose à toute réalisation de bonheur entre une femme et lui. Une seule de ses moitiés ressent de la passion, l'autre éprouve de la haine ; tantôt l'étoile verte l'emporte, tantôt l'étoile rouge. Un jour il vous dit : « Ô blanches vierges du Nord, étincelantes et pures comme les glaces du pôle ; prunelles de clair de lune ; joues nuancées des fraîcheurs de l'aurore boréale ! » Et l'autre jour il s'écriait : « Ô filles d'Italie, dorées par le soleil et blondes comme l'orange ! cœurs de flamme dans des poitrines de bronze ! » Ce qu'il y a de plus triste, c'est qu'il est sincère dans les deux exclamations.

Hélas ! pauvres désolées, tristes ombres plaintives, vous ne l'accusez même pas, car vous savez qu'il est plus malheureux que vous ; son cœur est un terrain sans cesse foulé par les pieds de deux lutteurs inconnus, dont chacun, comme dans le combat de Jacob et de l'Ange, cherche à dessécher le jarret de son adversaire.

Si l'on allait au cimetière, sous les larges feuilles veloutées du verbascum aux profondes découpures, sous l'asphodèle aux rameaux d'un vert malsain, dans la folle avoine et les orties, l'on trouverait plus d'une pierre abandonnée où la rosée du matin répand seule ses larmes. Mina, Dora, Thécla ! la terre est-elle bien lourde à vos seins délicats et à vos corps charmants ?

Un jour Oluf appelle Dietrich, son fidèle écuyer ; il lui dit de seller son cheval.

« Maître, regardez comme la neige tombe, comme le vent

siffle et fait ployer jusqu'à terre la cime des sapins ; n'entendez-vous pas dans le lointain hurler les loups maigres et bramer ainsi que des âmes en peine les rennes à l'agonie ?

— Dietrich, mon fidèle écuyer, je secouerai la neige comme on fait d'un duvet qui s'attache au manteau, je passerai sous l'arceau des sapins en inclinant un peu l'aigrette de mon casque. Quant aux loups, leurs griffes s'émousseront sur cette bonne armure, et du bout de mon épée fouillant la glace, je découvrirai au pauvre renne qui geint et pleure à chaudes larmes la mousse fraîche et fleurie qu'il ne peut atteindre. »

Le comte Oluf de Lodbrog, car tel est son titre depuis que le vieux comte est mort, part sur son bon cheval, accompagné de ses deux chiens géants, Murg et Fenris, car le jeune seigneur aux paupières couleur d'orange a un rendez-vous, et déjà peut-être, du haut de la petite tourelle aiguë en forme de poivrière, se penche sur le balcon sculpté, malgré le froid et la bise, la jeune fille inquiète, cherchant à démêler dans la blancheur de la plaine le panache du chevalier.

Oluf, sur son grand cheval à formes d'éléphant, dont il laboure les flancs à coups d'éperon, s'avance dans la campagne ; il traverse le lac, dont le froid n'a fait qu'un seul bloc de glace, où les poissons sont enchâssés, les nageoires étendues, comme des pétrifications dans la pâte du marbre ; les quatre fers du cheval, armés de crochets, mordent solidement la dure surface ; un brouillard, produit par sa sueur et sa respiration, l'enveloppe et le suit ; on dirait qu'il galope dans un nuage ; les deux chiens, Murg et Fenris, soufflent, de chaque côté de leur maître, par leurs naseaux sanglants, de longs jets de fumée comme des animaux fabuleux.

Voici le bois de sapins ; pareils à des spectres, ils étendent leurs bras appesantis chargés de nappes blanches ; le poids de la neige courbe les plus jeunes et les plus flexibles : on dirait une suite d'arceaux d'argent. La noire terreur habite dans cette forêt, où les rochers affectent des formes monstrueuses, où chaque arbre, avec ses racines, semble couver à ses pieds un nid de dragons engourdis. Mais Oluf ne connaît pas la terreur.

Le chemin se resserre de plus en plus, les sapins croisent inextricablement leurs branches lamentables ; à peine de rares éclaircies permettent-elles de voir la chaîne de collines neigeuses qui se détachent en blanches ondulations sur le ciel noir et terne.

Heureusement Mopse est un vigoureux coursier qui porterait sans plier Odin le gigantesque ; nul obstacle ne l'arrête ; il saute par-dessus les rochers, il enjambe les fondrières, et de temps en temps il arrache aux cailloux que son sabot heurte sous la neige une aigrette d'étincelles aussitôt éteintes.

« Allons, Mopse, courage ! tu n'as plus à traverser que la petite plaine et le bois de bouleaux ; une jolie main caressera ton col satiné, et dans une écurie bien chaude tu mangeras de l'orge mondée et de l'avoine à pleine mesure. »

Quel charmant spectacle que le bois de bouleaux ! toutes les branches sont ouatées d'une peluche de givre, les plus petites brindilles se dessinent en blanc sur l'obscurité de l'atmosphère : on dirait une immense corbeille de filigrane, un madrépore d'argent, une grotte avec tous ses stalactites ; — les ramifications et les fleurs bizarres dont la gelée étame les vitres n'offrent pas des dessins plus compliqués et plus variés.

« Seigneur Oluf, que vous avez tardé ! J'avais peur que l'ours de la montagne vous eût barré le chemin ou que les elfes vous eussent invité à danser, dit la jeune châtelaine en faisant asseoir Oluf sur le fauteuil de chêne dans l'intérieur de la cheminée. Mais pourquoi êtes-vous venu au rendez-vous d'amour avec un compagnon ? Aviez-vous donc peur de passer tout seul par la forêt ?

— De quel compagnon voulez-vous parler, fleur de mon âme ? dit Oluf très surpris à la jeune châtelaine.

— Du chevalier à l'étoile rouge que vous menez toujours avec vous ; celui qui est né d'un regard du chanteur bohémien, l'esprit funeste qui vous possède. Défaites-vous du chevalier à l'étoile rouge, ou je n'écouterai jamais vos propos d'amour ; je ne puis être la femme de deux hommes à la fois. »

Oluf eut beau faire et beau dire, il ne put seulement parvenir à baiser le petit doigt rose de la main de Brenda ; il s'en alla fort mécontent et résolu à combattre le chevalier à l'étoile rouge s'il pouvait le rencontrer.

Malgré l'accueil sévère de Brenda, Oluf reprit le lendemain la route du château à tourelles en forme de poivrière : les amoureux ne se rebutent pas aisément. Tout en cheminant il se disait : « Brenda sans doute est folle ; et que veut-elle dire avec son chevalier à l'étoile rouge ? »

La tempête était des plus violentes ; la neige tourbillonnait et permettait à peine de distinguer la terre du ciel. Une spirale de corbeaux, malgré les abois de Fenris et de Murg, qui sautaient en l'air pour les saisir, tournoyait sinistrement au-dessus du panache d'Oluf. À leur tête était le corbeau luisant comme le jais qui battait la mesure sur l'épaule du chanteur bohémien.

Fenris et Murg s'arrêtent subitement ; leurs naseaux mobiles hument l'air avec inquiétude ; ils subodorent la présence d'un ennemi. — Ce n'est point un loup ni un renard : un loup et un renard ne seraient qu'une bouchée pour ces braves chiens.

Un bruit de pas se fait entendre, et bientôt paraît au détour du chemin un chevalier monté sur un cheval de grande taille et suivi de deux chiens énormes.

Vous l'auriez pris pour Oluf. Il était armé exactement de même, avec un surcot historié du même blason ; seulement il portait sur son casque une plume rouge au lieu d'une verte. La route était si étroite qu'il fallait que l'un des deux chevaliers reculât.

« Seigneur Oluf, reculez-vous pour que je passe, dit le chevalier à la visière baissée. Le voyage que je fais est un long voyage ; on m'attend, il faut que j'arrive.

— Par la moustache de mon père, c'est vous qui reculerez. Je vais à un rendez-vous d'amour, et les amoureux sont pressés, » répondit Oluf en portant la main sur la garde de son épée.

L'inconnu tira la sienne, et le combat commença. Les épées, en tombant sur les mailles d'acier, en faisaient jaillir des gerbes d'étincelles pétillantes ; bientôt, quoique d'une trempe supérieure, elles furent ébréchées comme des scies. On eût pris les combattants, à travers la fumée de leurs chevaux et la brume de leur respiration haletante, pour deux noirs forgerons acharnés sur un fer rouge. Les chevaux, animés de la même rage que leurs maîtres, mordaient à belles dents leurs cous veineux et s'enlevaient des lambeaux de poitrail ; ils s'agitaient avec des soubresauts furieux, se dressaient sur leurs pieds de derrière, et, se servant de leurs sabots comme de poings fermés, ils se portaient des coups terribles pendant que leurs cavaliers se martelaient affreusement par-dessus leurs têtes ; les chiens n'étaient qu'une morsure et qu'un hurlement. Les gouttes de sang suintant à travers les écailles imbriquées des armures et tombant toutes tièdes sur la neige, y faisaient de petits trous roses. Au bout de peu d'instants l'on aurait dit un crible, tant les gouttes tombaient fréquentes et pressées. Les deux chevaliers étaient blessés.

Chose étrange, Oluf sentait les coups qu'il portait au chevalier inconnu ; il souffrait des blessures qu'il faisait et de celles qu'il recevait : il avait éprouvé un grand froid dans la poitrine, comme d'un fer qui entrerait et chercherait le cœur, et pourtant sa cuirasse n'était pas faussée à l'endroit du cœur : sa seule blessure était un coup dans les chairs au bras droit. Singulier duel, où le vainqueur souffrait autant que le vaincu, où donner et recevoir était une chose indifférente.

Ramassant ses forces, Oluf fit voler d'un revers le terrible heaume de son adversaire. — Ô terreur ! que vit le fils d'Edwige et de Lodbrog ? il se vit lui-même devant lui : un miroir eût été moins exact. Il s'était battu avec son propre spectre, avec le chevalier à l'étoile rouge ; le spectre jeta un grand cri et disparut.

La spirale de corbeaux remonta dans le ciel et le brave Oluf continua son chemin ; en revenant le soir à son château, il portait en croupe la jeune châtelaine, qui cette fois avait bien voulu l'écouter. Le chevalier à l'étoile rouge n'étant plus là, elle s'était décidée à laisser tomber de ses lèvres de rose, sur le cœur d'Oluf, cet aveu qui coûte tant à la pudeur. La nuit était claire et bleue, Oluf leva la tête pour chercher sa double étoile et la faire voir à sa fiancée : il n'y avait plus que la verte, la rouge avait disparu.

En entrant, Brenda, tout heureuse de ce prodige qu'elle attribuait à l'amour, fit remarquer au jeune Oluf que le jais de ses yeux s'était changé en azur, signe de réconciliation céleste. —

Le vieux Lodbrog en sourit d'aise sous sa moustache blanche au fond de son tombeau ; car, à vrai dire, quoiqu'il n'en eût rien témoigné, les yeux d'Oluf l'avaient quelquefois fait réfléchir. — L'ombre d'Edwige est toute joyeuse, car l'enfant du noble seigneur Lodbrog a enfin vaincu l'influence maligne de l'œil orange, du corbeau noir et de l'étoile rouge : l'homme a terrassé l'incube.

Cette histoire montre comme un seul moment d'oubli, un regard même innocent, peuvent avoir d'influence.

Jeunes femmes, ne jetez jamais les yeux sur les maîtres chanteurs de Bohême, qui récitent des poésies enivrantes et diaboliques. — Vous, jeunes filles, ne vous fiez qu'à l'étoile verte ; et vous qui avez le malheur d'être double, combattez bravement, quand même vous devriez frapper sur vous et vous blesser de votre propre épée, l'adversaire intérieur, le méchant chevalier.

Si vous demandez qui nous a apporté cette légende de Norvège, c'est un cygne, un bel oiseau au bec jaune, qui a traversé le fiord, moitié nageant, moitié volant.